連詩

悪母島の魔術師

Magicians of Gubo Island

新藤凉子　河津聖恵　三角みづ紀

思潮社

連詩　悪母島《ぐぼとう》の魔術師《マジシャン》

新藤凉子　河津聖恵　三角みづ紀

思潮社

連詩　悪母島《ぐぼとう》の魔術師《マジシャン》

1

今朝
いつものとおり
お母さんが台所で
しんでいた

無関係に朝食を進める手は
あたらしい呪術にも似て
笑って
鍋の蓋をたてにする
そこからあがる湯気と
さかだつ感情
喉元におしこめた叫び

のどかな日々を額縁にいれる

今朝も
いつものとおり
お母さんがしんでいる
台所で

「そんなこと
誰にも言われたこと
なかったよ」

わたしはひどいことを言ったらしい

2

毎日　まいにち　雨がふりつづくので
アルベール・カミュの
太陽が　まぶしく輝いていたせいで
ひとを殺してしまった　という小説を
思いだしてしまった　しかも
母親の葬式のときでさえ
泣かなかった非情な男
というはなしまで持ちだされて
死刑判決が決まったという
すじがきの

哀しくて

こわれそうになる　ときも
悔しくて
なにもかも　こわしたくなるときも
あっただろうに
ママン　俺は泣きたいときにしか　泣かないのさ
といって　死んでいく
異邦人!
という　記憶もさだかではないのだが
それだけではない　なにもかも
なにもかも　いまはもう　おぼろになっていて
窓のそとは　いつ降りやむのかしら　しのつく
雨　あめ　アメ……
しのつく雨　あめ　アメ……

3

悪母島
ここをそう名づけた原初の子どものように
男は海の彼方を見つめている
昼から夕方へときゅうに暗くなる空の下
燃え始める水平線のだいだい色は
見ひらかれた目の中で
かなしく紅色へ染まっていく

四十六年ぶりの皆既日食が始まる
あれから四十六年なのだ
あれからって、もうあれからとしか言えないくらい
頭のてっぺんから爪先まで

幾度も細胞はきれいに入れ替わっているし
顔も名まえも
世界の裏からふたたび血が滲みだす寸前に
包帯のように替えてきたから

なにしろ途方もなく時効なのだ
もうぼくを誰も捕えてくれないいんだよ

水星と金星も出てきた
ダイヤモンドリングが始まる
手はさびしそうに血まみれになっていく

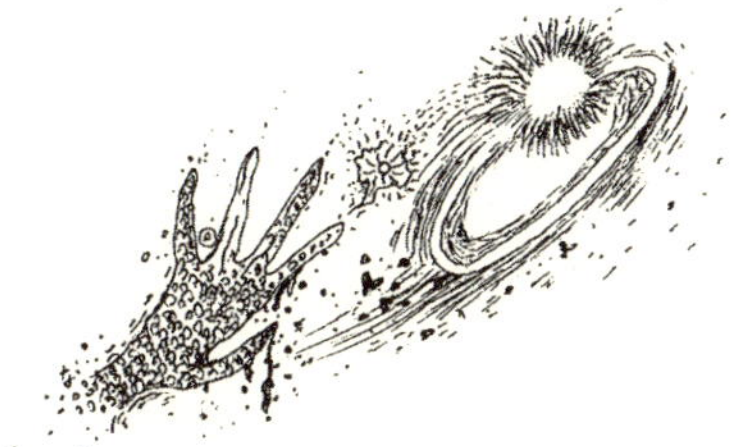

4

あらかじめ時間は足りず
たよりない子供らのあしくび

気泡がたちのぼる

遠い昔　天体を　信じていた
日が沈んだら　おやすみを発し
まぶしくなって　おはようを発し
返事がなくとも
遠い昔　天体を　信じていた

気泡が満ちみちる

こんにちは、わたしは手紙を、あなたに書きます
あなただけに、書きます、こんにちは、わたしは
よふけからよあけまで、あなたに、手紙を書きます
こんにちは、手紙でわたしがあふれます
もう、あふれて

たよりない子供らのあしくびは
しなる
柔らかく
鬱血して
あふれたわたしが
号泣で片言で足を引き摺り
まぶしくなって

おはようを発するも
返事はない
気泡も足りない
紅がひけない
ポストが口をひらかない

手紙を握りしめたまま

今朝、
発つ

5

十メートルも歩かないうちにハアハアと
息ぎれがする　からだのなかの
酸素がたりない　それでもわたしは
行く　いきます！
あなたが大切にしてらした筆が送られてきたとき
あなたは逝ってしまわれると思いました

むかし　捨てた男なのに
なんでこんなにも約束を守ろうとするのか
（アナタガ終ワルトキハ必ズソバニイテアゲル）

行こうとしているのに

とっさに口をついて出てきた古事記の一節
電話しようか　シヌナ！

——吾が足萎《な》へて得歩《えあゆ》まず——

6

風と波のように
花と空のように
深く愛し合ったいとおしい男が
そこにまだ若いまま生きている　と
からだをたちのぼる気泡のように
知らされる
（島は女を誘いつづける、精を放つ、

愛のように鏡の中に拉致しようと輝く）
ぴん、と高度が下がる合図がし
機内灯がいっせいに消え
目を閉じる
島の青い魔法よ、この身を濡らせ
言葉を奪われるほど
女になりたい
クニを剝がされるほど
裸体になりたい
夕暮れの光のような異国語で
男は私に囁くだろう
柔らかな腕で肩を抱き寄せ
バッカスの乳をくれるだろう
私は太った男の餅のような肉に

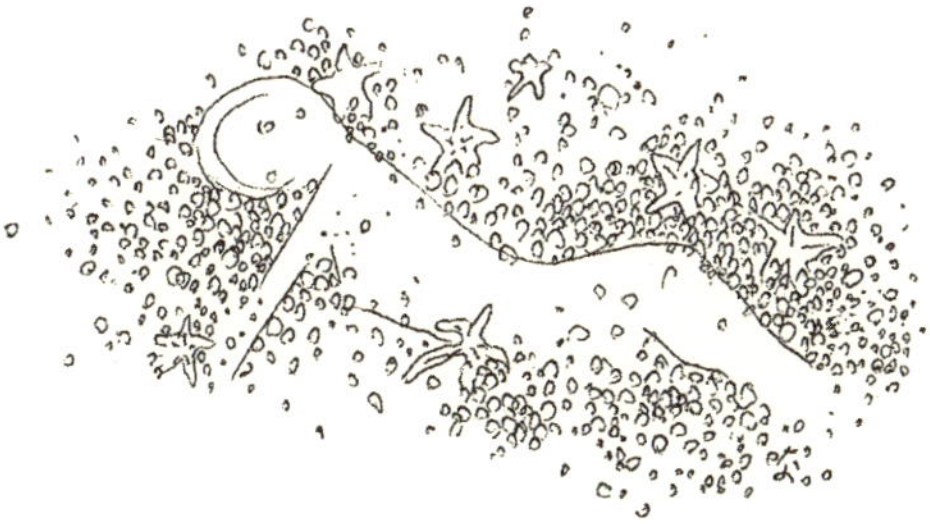

どんどん埋もれていく
星と月のように
過去と未来のように
切なく愛し合ったいとおしい男の
言葉など知らない娘になる　なりたい

7

あのまばたきを
合図にしましょう
合図といたしましょう

呼ばれる

母と父の
かわす温度をさぐる
手をのばす
触れる
母の母と父と
父の母と父と
その根源に触れる
のばす
手が触れる
まばたきが足らなくなる

娘であるわたしが合図として
いっせいにかけのぼる
これが

はじまりとして

娘のままのわたしが呼ばれ
はだしでかけのぼる
ぬりかえる記憶があるとして

まばたきが足らないじゃないか！

8

過ぎ去った日と夜を　踏みしめて来た人たちから
泡のように　わたしが生まれてきたのだとしても
今は無い　この家の重たさよ
夕映えに染まり　たわわに実っている柿の赤さよ

扉がくずれ落ちた土蔵から
ここは美《うま》し土地なり
帰り来よ　と
声が

いくつもの水路に囲まれた森のなかの
幻の家　荒れた広い敷地の片隅に
空の植木鉢が転がっている
植物園だったガラス張りの小屋も　今は
鉄骨だけが残っていて

さかんに手を振っているのは　誰?
何の合図?
けれども　わたしは

この家に火を付けし者
帰れない
帰らない
カエリタイ

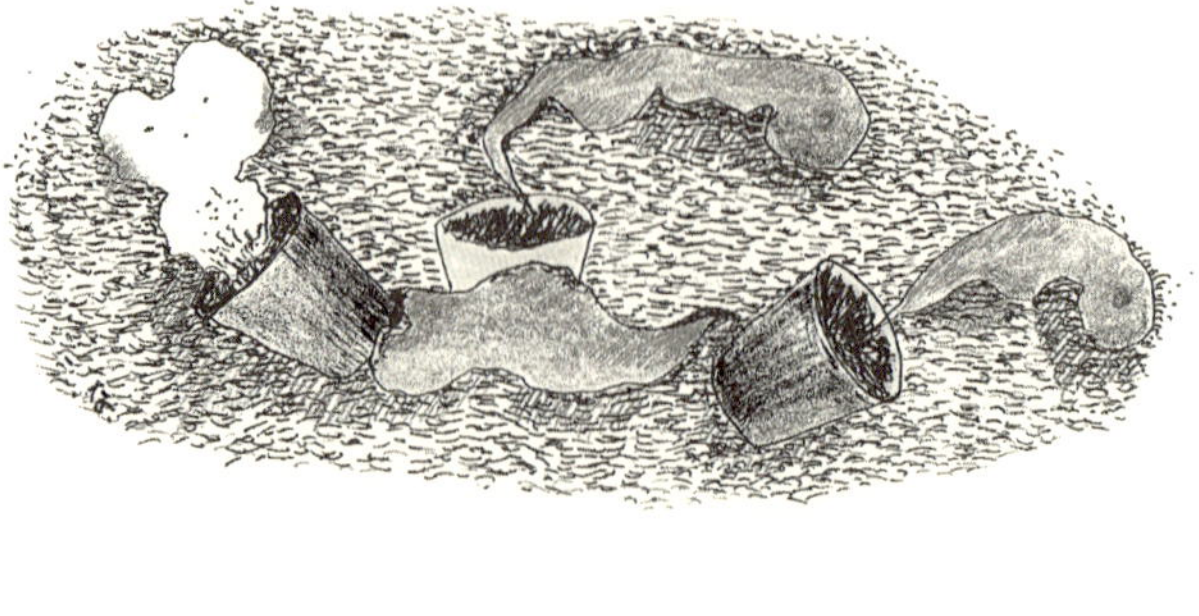

9

まだ見ぬ人よ、やって来ました
忘れていた少女の頃が揺らぐ
いのちゆらめく未知なる故郷に降り立つ
青、赤、黄、桃
背からみえない羽がはぎ合わされる
爪先だてば
さんどぅるぱらむ風が吹く
ふんどぅるりだ震えている
あんぎよぷるりだ抱かれほどかれ泣いている

泡のように空気を入れられた
まだ見ぬあなたが蘇らせようと吹き込むのだああ

死んでいた空気人形《わたし》　萎えていた木々
泡のように名を知らぬ色に染まっていく
まだ見ぬあなたが鮮やかな指をのばすのだおお
眠っていたそら　モノクロの水

いつからか初めてのように色と光はまばたきをつづけて

おさげを結う
おだやかな傾斜のにちようび
あたし、あなたがすきだわ
って

つぶやいて
おどろくあたしの手がもつれて
おさげがほつれる
振りかえるあなたが
うつくしくわらう
もつれる手が祈りをもとめる
それから泣く
すべてに驚愕し、それからわらう

庭では午後にはりついた些細な陽光もしずかに息をとめている
魔術師の日

11

一瞬間　で　消えるものが好き
たとえば
踊るとき　二度とおなじではないように
きみの歌っている声が　そのとき一回のおわり
だのに　ことば　は
しらじらと　紙に残って在りつづける
ああ　どうしても消えるものが　好き
消えていくのが　こわい
在りつづけるのが　こわい
生きていたい
風が吹く
それも　こわい

いつの日か　感じなくなったわたしの上を
風が吹きわたるのが
そのとき　わたしのことば
生きたあかしに　かなしめよ　しらじらと

12

くるぶしに纏わりだす
草のようなかなしみ
どこまでも黄色い稲穂が
風に吹かれている
風じゃない　無数の死者の透明な手
人間の深い闇を諦め　ほどけきったぱらむ　だ

映画「光州5・18」の冒頭シーンで
主人公がタクシーを楽しそうに運転していた道
行く手に待つのは生か死か
メタセコイアの並木道は　微妙にかなしく曲がるのだ
「写真スポット」に立ち帽子をなおす
背後の稲穂たちは
優しすぎる風に顔を上げる（ぱらむぱらむ）
モスコシ右
朴さんが笑って手を振ると
言語と歴史の淵は柔らかく煌めいた

ふいに磨き抜かれたボンネットが現れ
稲穂と死者の沈黙へおしやられる
消えていくのがこわい

在りつづけるのがこわい
稲穂のざわめきを抱きしめていて、ぱらむ
風景に黄色い血がまたあふれそう
（ぱしゃり）　あるいは　〝生キテイタイ〟

13

まっすぐなんだ
そのさきを、ゆくと、
覆うものがあるのだけれど
アクセルを踏むちからを緩めちゃ
ならない

懺悔させてください。わたしは強盗でもありますが、その罪よりもっと
重要な、つまりそれは（　　　）。手をふるものをあいそうとおもった。
あいそうとおもうたびにひきずりだされる、情が、わたしをまもるから！
わたしをまもるから！　だのでわたしは緩めちゃならないのでした。

ほんとうに
こわい？
わたしを殴るそのてのひらが情だなんて
ばかげているわ

14

さあ　おまえはすっかり自由だよ
「わたしを殺してあんたも死ぬわ」
出会った日にそう言ったおまえ
自分の生き方をけっして変えなかったおまえ
自分の気に入るようにしか生きられなかった
おまえ　おれの運命を変え
おまえは変わらなかった
「あんたに惚れたわたしが嫌い」
その目は燃えることもなく
ガラスのように無情に
見開かれていた

一突きだった！

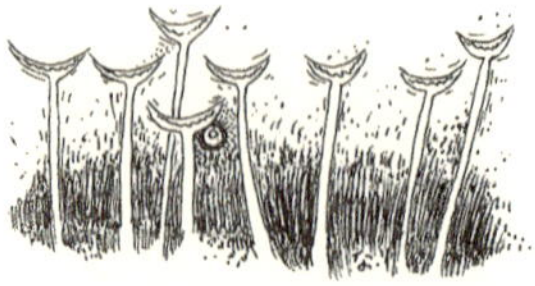

15

ア・イ・シ・テ・ル（異国の不思議な文字）
言葉はノンストップ
意味も像もふりおとし
この世の果てのはて
生まれたてのはだかの光となるまで

ラッシュアワー
朝の陽ざしを浴び　まなざしにさらされ
バスの胴で恥ずかしそうにぶるっとふるえる文字
たどたどしく読み上げれば
「あ・い・し・て・る」
なんて無邪気！

動きだした車体で淡いタッチの男と女は再び抱き合いだす
目を閉じ　白い歯をひからせ　髪をかきあげ（何の広告？）

私たちのアイは空を飛び海を泳ぎ
たどりついたここで初めて自由になった
擦れ違うアダムとイブ
声とまなざしをふうわりからめ合い
夢をひたすら表音に続けている

16

ありきたりに
あなたがすきなだけなのですが
「はやくけつだんしてください」

あ　ほら　また
ゆびさされているのがせなかでわかる
あ　ほら　また
そうやってせなかでかんじて

「あげく、」

あいしてあいされて
ほんきであいしていきて
いきのびてわらってないて
ほんきでいきてわかれてわらって
あいされてあいしてきらって
あなたがすきなだけなのですが

「そうやってまたひとごろしよばわりかよ」

すきなだけなのですが

そうですか

17

情深いあなたさまに
猫っかわいがりされて
くせになっていたのね
この温さはいつまでも続く
と　思うまもなく
膝のうえからはらい落とされるような
きらわれかたで
気がつくと
となり町に捨てられていたのです
罪がないから　いとわしい　と
おっしゃるのなら
罪をあなたさまに授けたわたしが

魔性の生き物とでも？
ひとは　一匹　二匹と
わたしたちのことを
数えます

18

きらわれはらわれ
コトバあふれる猫町駅改札
ぴたぱ、ぱたぴ、たぴたぷ、ぴぱぱぴ
意味の海越え
子音の蝶飛び
にんげんの水底すり抜ける母音よ
あおぐろい息を吐き

ひとの林にまちぼうけの永遠の一匹二匹
みみたぴたぷたぴ
るりらりあんらる
あんにょんにゃん
雲が世界をかすかにずれ
てのひらのダリの時計を過去へかこへ眠らせ
きよらかな虚構の雪はふる
ぴるらぱるらぴぴぴらぬん
いとしいとわし（わたし）の腕《かいな》がのび
消えるようにあらわれた白い影　にじむ体温

19

そういえば子音はわたしの弟でもあります

それだけに母音はわたしにとって愛着のあるものではありませんでした

がんじがらめね
ここは深いのかしら
だいぶん
ただれてきてる

「鬼！」
弟がひたすらにおびえて
たしかにそう言ったように
聞こえたけれど
わたし、よくわからない

ああ、ああ、ああ
あまりいきものに区別はつけたくないのだけれど

耳のかたちした貝殻は
母の音をひびかせます
やさしい気持ちのときの日本のことば
貝殻はおだやかなその音を
わたしの脳に流します　あら不思議
母の音は変調した

　　アナタハ
　　モット

フコウニ
ナリナサイ
ソウスレバ
イイ詩ガ
カケマス
ヨ

どこかで聴いたその言葉
もののけが　わたしの姉のまねをして

貝殻の補聴器は
耳からはずして捨ててしまった
だのに脳に住みついた大音響

フコウニナリナサイー
フコウニナリナサイー
フコウニナリナサイー

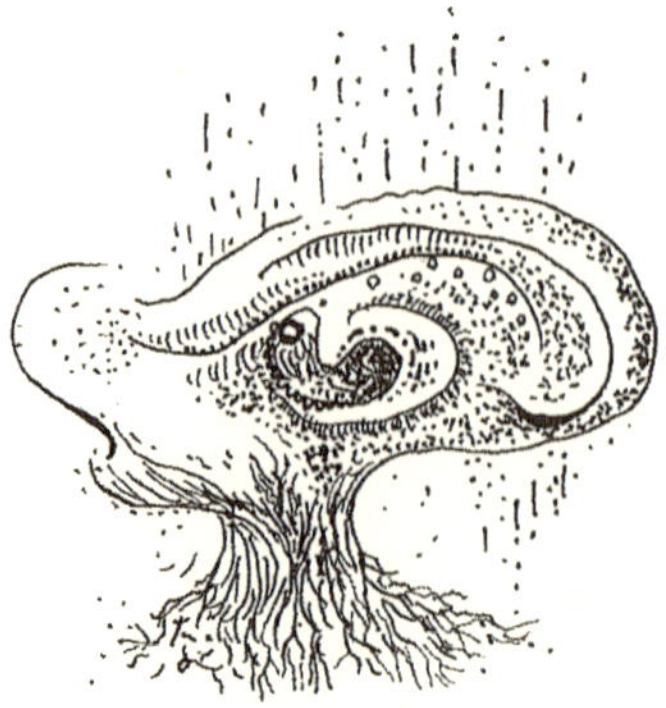

21

フコウを想え
ひとかけらのパンとなってねじれろ
内はやわらかく　外はかたく
外は石灰　内からは透明に
フコウパンと化していけ
（パンである私はフコウなのか）
連なりやまぬｆとｋは
疲れた神の吐息の発酵
すべてのひとのフコウが
内側から泣きはじめれば
フコウパンはふくらみだす　かじるのはだれ？

この世のくぼみに声なき声がうめく
透明なけものが透明な血をながしつづける
けれどほんとうは
透明な花々に透明な花粉があふれつづけている

パンよ　またひとちぎり
虻のようにそこへとんでいけ

22

吉原幸子は
飢える日は
パンをたべて
飢える前の日は

バラをたべる　と
詩に書いたこともあるのに
お酒ばかり飲んでいて
パンもバラもおあずけにして
あちらの方に出かけてしまった
飢えることがわたしの背おってきた　罪
飢えることがわたしの受けとった　罰
酔えばうたうように言いつづけた
頑是ないこどものように
たべたくないことを
おとなは不幸とよぶのですか　と
詩にも書いた

サッちゃん

たべたくても　たべられないひとたちも　いる
と　なぜ言わなかったのかと
いまでは後悔しているわたしです

23

わたしは蛇口ではない
ひねられても口はわらない
あなたは茶碗ではない
そんなかんたんには
こわれるものではないし

ききわけのない子って
よばれるには早すぎる

24

朝がくる
月も星も老いしぼむ空の
夢をおかす疲弊の桔梗色
まぶたを失くす（カラン）
目は眠りながら見つめる
夜明けの茶碗が染まっていく
ああ虚空
あのうつろ
こわれないように結びとめた青のマフラーは
するするのぼる
乾いていく口から旗もあがる?
はるかなるマフラーの桔梗色の羽音

蛇口がふいに涙をこぼす（カラン）
わたしは明けない空の色にあふれる

25

空は地上のどんな音も飲み込んでしまう
果てがないとは空のことだ
かなしみも　よろこびも
あの広さ　大きさ　深さのなかでは
どんな出来事でも
なんでもないと思えてくる
それが善いことか悪いことかは　わからない
そのように　とりとめもない　わたしではあるが
胸の奥が　キュンと痛くなるのは

見知らぬ土地に一軒ずつにまたたいている
夜の明かりを見たときだ
俯瞰図で見る人間のいとなみの　やさしさ
きっと　わたしのたましいが　空から地上に降りるときに
見た景色にちがいない
すべての音は空が飲み込んでしまったので
無音のようではあるが……

26

こんな高みにきてしまって
わたし、とても偉くなってしまった
まだ出会わぬ人々の

うれしさやさしさに触れたように
こんな高みにきてしまって
胸をうたれ

のぞんでいなかったのだけれど
のぞんでいなかったのだけれど
鼓膜だってふるえるので

そう、学びすぎたのだ

27

魔術師はどきどきする
昨日まで自分が魔術師とは知らなかったから
ぷるり、ぼくの存在は水玉模様に染めぬかれる、
ぴたぱ、本当の名前はちょっと小鳥の歌に似ている、
いつも出口の改札口を
泣き声のようにあふれてくるあなたたちに
知ってほしいな

でもぼくはなんて透明になってしまったんだ

手品を一席どうですか
帽子から皆既日食の黒い光があふれます

軍事境界線が色とりどりの蛇になります
すべての凍った星も落ち
真っ暗な夜空には痛みだけがあんあんとのこり
さいごに魔王の国のぼくの名が
羽化したばかりの蝶のよるべなさで
この世の海をわたっていきます

28

世界的に有名なマジシャンの孫と　結婚したいというと
認知症の母さんたら　きゅうにはっきりして
「士農工商のどこにも　魔術師なんて階級はなかよ！」
車椅子から転げおちそうになりながら　いう
時代錯誤　しかも魔術なんて趣味の範疇
どの階級にも極める人間はいるだろうに
娘が選ぶ相手に　差別意識をもちたがるのにあきれながら
「心配はなか　外国の人だから」
どこの馬の骨だ！
ますます逆上して口から泡を吹いている
「国際結婚をしてみんな仲良くなれば
戦争なんてなくなるってことよ　外国人の子だって

もらえるんでしょ？　子供手当！」
思いどおりにならない娘のことを
「アカだ！」
といってはばからない母さん
魔術師と魔法使いを混同しているので
始末におえない
まがまがしいことが起こりそうで　と
恐ろしがっていう

あなた　まさか消されてしまわないよネ

29

反対されているらしい

おおぜいの旗に
かこまれはじめているので
糾弾もされているらしい

もはや

血液がまじるなんて
ありふれていること

爆発したり宙にうちあがったり感染したり

虐待うけたり結婚したりまた死者がでました

おかあさん
垣根のまわりに旗があふれてるよ
おまけに白旗ではないからよけいに厄介
ねえ
おかあさん
聞いてる？

30

汝の敵を愛せ。

おしよせあふれる旗のうねり
あなたがついにこぶしをふりかざす
呪文のような声が響く

汝の敵を愛せ……

この世の裏で目覚めた虎が
光の檻で吠え
あなたは背中の両手をぎゅっと握りあわせた

汝ノ敵ヲ愛セ!

愛のようにうねる旗の笑い
門はひりひり感電し始める

もうすぐ開いてしまうか、炸裂するか——
一瞬、旗もあなたも消滅し
きらきら糸のような重力がふ、り、し、き、る、

31

石畳の道にそって防波堤がえんえんと続き
その突端に波が砕け散っている
石畳の道を馬車を走らせて
闇葉巻を買いに行く
この島での特産のひとつは葉巻煙草なのだ　なのに
よその国は買ってくれない
ああア　カクメイとは難しい

よその主義のひとを「すこやかなひと」とこの国の詩人は呼ぶ
すこやかなひとは人生の恐ろしさを知らない　と
むこうから麦藁帽子に半ズボンのおじさんが
紙袋を下げてやって来る
馬車から下りたわたしの友達は　まわりを見回し
この国のひとたちは貧しいとつぶやきながら　闇葉巻を買った
むすこのおみやげにするわ
この南国のカクメイの英雄も年老いて　握手を怖がっているという
相手の手の平のなかに毒針が仕込んであるかも知れないと――
老人の妄想ではないのかも　と思えてくる
かつてはその手でこの世のなかをキラキラと
炸裂させることも　できたかも知れないひとだったのだから

32

「詩人ってやすらかかしら」
「やすらかであったら詩人ではないわ」
「ならば詩人ってどんないきものなの」

圧迫の町で、食卓にあかるい光がさしこむ。点滅のような瞬間でもある。寝室に干された洗濯物が微動だにしない。可燃ごみを処分するには月曜を待つしかなく、ふたりはむかいあわせでたわいもない会話を続ける。銃声がとおくからもれだしふたりを守ってくれるものがあるとしたら、この古びたモルタルアパートと会話でしかなかった。定義されることは嫌った。月曜はもうすぐであるはずなのにそれはなかなか訪れず、少し欠けた茶碗を撫ぜながら、ふたりは、たわいもない会話を、続ける。点滅の、瞬間。

「おだやかでないことはたしか」
「詩人になんてなるつもりはなかったのよ」

33

「これからの詩の話」をしよう

魔法使いは言った
いつになく真剣だ

深夜のつめたいテーブルに
ほそい指をさざなみのように拡げ
青い眉　赤い声　ひそめ

とおくとおく点滅するもの
私たちのモルタルアパートから
追い出された光　それとも闇？
銃声　あるいはたわいもない笑い声？

きみじゃないってば
ちょっとどいてごらん
座っているそのやすらかな椅子が
詩人なんだから

詩人椅子……
私はとびのく　ほんとうだ！
背もたれが薔薇の匂いの汗をかく
紫の心臓は座面からもりあがり
捕囚のリズムをとりもどす
よっつの脚はふるえる昆虫のように
床から星の悲しみを吸い上げる
夜の砂漠にくらくら拡がっていく
まっくらな血

34

今日も土曜日が過ぎていくよ
むかしは金曜日からのお休みなんてなかったから

土曜日というと　とても楽しい日だった！
明日は日曜日　ゆっくり　お寝坊したっていいんだもん
けれど　やっぱり　月曜日はやって来る　つまんない
つまんないよ
学校って　いやだなあ
そんなとき　朔太郎という
えらい詩人の　お孫さんが作った
一枚のリトグラフを　眺めることにしてるんだ

白と黒だけの色彩　森のなかにぽつんと置かれたベンチ
二せんちぐらいの間隔をあけて　十せんち四方の森のなかの
ベンチの構図　同じものが横に続いているだけなのに
光線の具合によって　ひとつひとつが全く違うものに見えてしまう
あんまり暗い森のなかなので　ベンチのそばに

死体が転がっていても　驚いたりはしないよ
死んだ人なんて怖くはない　なにもしないもの

いつの間にか　ベンチの上に寝ころんで
幼くなったり　大きくなったりしながら
深くふかく寝入ってしまう
からだの下にはピストルだって隠してある

帽子をかぶらない死者はさいわいである？
いまもクレソンの茂みで
帽子もかぶらず　口をあけて　眠るあなた

脇腹の穴がいまだ真っ赤に
いとおしそうにこちらを見つめる

私は胸をつかれた
詩の中で
新鮮なクレソンに浸された
じゃがいものような若い頭のかたち
思いがけないほどの軽さ
ことばに触れ　ふいにてのひらはつめたく
われしらずみえない腕をのばし始めて

ランボーが恋した
あなたに恋した
ランボーに恋することはあなたを愛することだ

（一篇の中のベンチにさえ恋いこがれるものが、詩）

接吻のように
透明なうなじをそっと持ちあげよう

あふれるクレソン銀河の青、あお……

帽子をかぶらない死者はさいわいである？
天のクレソンはそのひとのもの、ならば
あるいは　だとしても

36

そういえば

あれはいつごろの話でしたか？
あなたがおおきすぎる
帽子をかぶっていたのは覚えているのですが
わたしは確か
手足すらうしなっているような
じょうたいで

焦りはどこからやってくるのでしょうね

そんな
会話を交わしていたような
記憶はあるのですが
あなたのおおきすぎる
帽子がめざわりだったのと

そんな
記憶だけはあるのですが
あれはいつごろの話でしたか

37

ここだけのはなし
今では魔術師も色々だ
棒を蛇に変えたり、枯木に花を咲かせたり
は基本中のきほん
でもそれさえおぼつかない似非マジシャンも多い
修行が足りないといえばそれまでだけど
要は考え方なんだな、世界観ならぬ
(なんていうんだ?)マジカルライフスタイルがもうばらばらで

というか人界のほうがつまずいちゃって
今や俺たちより悪魔的だな
（コンピューターをチカチカさせてチャネリングするんだぜ）
もう商売上がったり　やる気なんかなくなる
頼まれたわけでもなし　やめちまおうかな、姉さん
国産ブナの杖をせっかく探してくれて
飛行靴もばっちり防水加工してくれて
わるいけど

弟よ
あなたはまだぼさぼさ髪の中学生
今朝は一本の薔薇にすぎなかった
朝霧の庭で私をもとめるみたいに
赤ら顔で咲いていていたでしょう？

摘んで　魔女の花瓶にさし
ガーゼみたいなやわらかな魔法をかけてあげたでしょう？

38

わたしたちはただの
ひとつの肉にしかすぎない

「あんたなんか死んでしまって！」

そういうふうに
肉が叫ぶものだから
わたしたち、いっせいに
わらってしまって

わらうわたしたちも
個々の肉にしかすぎないのだけれど
すぎないのだけれど

細胞がめまぐるしくうごいて
死滅しては産まれて
きせき、なんてものは
恥ずかしくもあるけれど

「あんたってだれのこと?」

39

タネもシカケもあるマジックを
つぎつぎに成し上げてみると
観客を騙しただけ自分もすっかり騙されて
蝶が舞うのすら「僕の力！」とちゃうやろかと
見当ちがいもはなはだしく
すっかりその気になってしまった
騙しの術のおそろしさ　ついには
魔法使いではないかとさえ思えてきて
バリー・ボッダーとは僕のことなどと……
妹までもがホーキにまたがって
部屋のなかを走り回るありさま　そのうち
インターネットで知り合ったおとこの車に乗って

富士山のふもとで首をしめられて死んでしまった
「あんたってだれのこと？」
そんな声が聞こえてきて
僕。妹を死なせてしまった思い上がったおとこ
詐欺師　さぎし　サギシ

40

いきなりだけれど　正義ってなんだ
溜息ついて
反抗精神を忘れたふりすることか
ひからびたチーズみたいな詩を

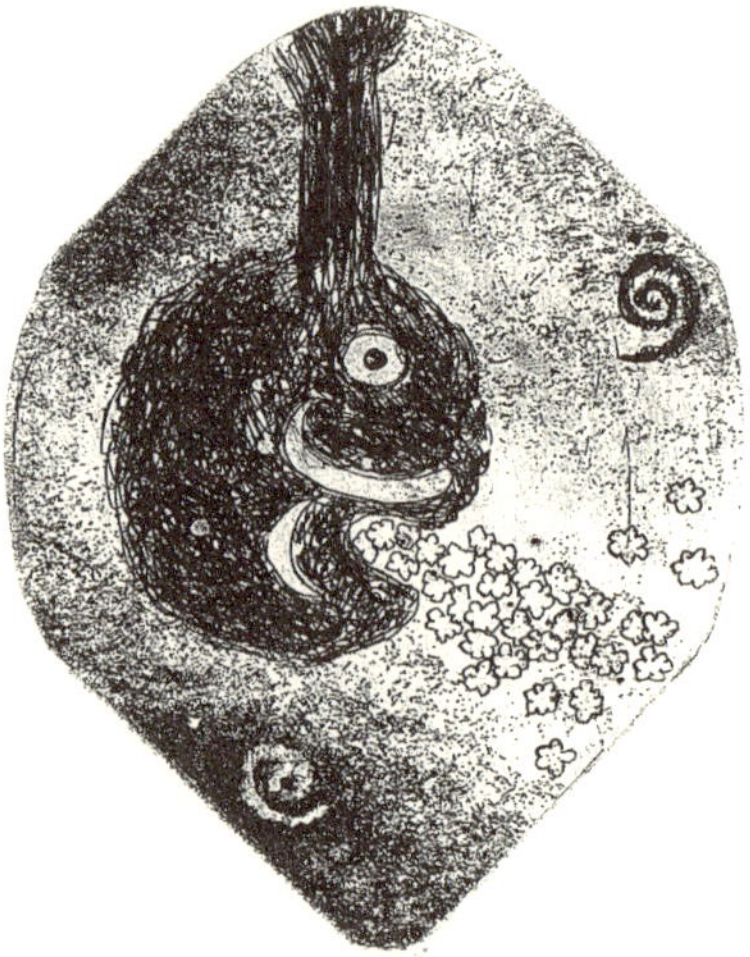

ときおりかじり
ちぇっと野壺の空を見上げることか

きみ　そこの隠れ魔術師よ
パッと花咲かすように
お得意の不法煙草を巻いてくれよ
まるまるいっこの自分なんて
いらないいぢゃないか
オレンジみたいに
剝かれたいいぢゃないか
悪魔の目を盗み
地獄の女の燃える足を撫でたかどで
ヤられたっていい
何度生まれ変わっても

黒光りするピアノみたいな絞首台に
ちょっと首を貸してやるだけぢゃないか

まるまるいっこの他者になれ
虹色の砂漠をころがりいそぎ
素敵なすてきな怪物になれ

正義なんてもう誰にも分かりっこない
でも
死んでも（死ななくても）
道化師にだけはなりたくないぢゃないか

41

前世のはなし。

わたし、詩人だったたって。
とっても不幸な詩人だったたって。
そもそも詩人なんてものが
不幸、かつ、いんちきないきもので
詩人だからって
不幸だったとはおもわないのだけれど
ひともころしたし
ひともころさなかったし
殴ったし殴らなかったし
あいしたし

あいさなかったときは柔らかい。

おとうさん、それ
いつのはなしなの
わたしみたいじゃない
半狂乱なわたしみたいじゃない

浴槽からお湯、あふれてる

42

さあさ　おたちあい！
なんでも　けしてあげるよ
かこ　でも
みらい　でも
いのちだって　けしてあげる

あいする　なんて
あいされる　なんて
ひもじい　こころには
じかんの　むださ
あらゆる　のぞみをけしてあげる

ぜつぼう　そんなもの
かんたん
きぼうを　けしてしまえば
なんにもない
いきる　りゆうだってない

おまえを　けせば　おまえの
せかいが　きえる
けしたがさいご
わたしゃ　としを　とりすぎて
もとに　もどすのは

とても　むり！

43

あぶらかだぶら　ぶらぶんぶん！
十七才の俺は
（小蝿の一匹にいたるまで）
すべての「十七才の俺」の呪文をとき放つ

あらわれた鏡はぶるぶる
踏み入れりゃ　そこは美しいま緑の夜さ
俺は一本ずつ白髪になるさ
日本語はアラビア語になり
詩人たちは黒人になるさ
やっとこさ、さ、さ（「さ」は世界をうらがえす魔文字！）

あぶらかだぶら　らぶらんらん！
太陽が滅んだ河原のくさを
犬のように噛んでみろよ、いい気分になる
ハッサク色のあの娘のまぼろしも
千の火花を散らしてくれるぜ

さあ、絶望はそれからだ
希望の牙の一本や二本、そこにはあるだろう

44

わたしの町の
わたしの駅前の
わたしの商店街で

かならず
すれちがう男がいる

なにやらたいそう
おそろしいひとりごとを
叫びながら右手を揺らしているのだが

そのひとりごとや
ぶらさがる左手や、それより
なんべんもすれちがう
わたしの町の

わたしの町で
わたしの駅前の

わたしの商店街で
わたし、もう何百年も雨ざらし

45

どうしようもなく自分が無力だと
思うまえに
怒りが込みあげてきた　そういう自分を
反省することはなかった
もう過ぎたことは捨てよう　と

そうやって　いつも
自分を立て直してきた
自分の弱みは見せなかった

いくら聞かれても
魔術の種といったら
これだけさ

自分の感情を鉄のように鍛え上げること
自分以外のものに頼らないこと
自分を意のままに動かすことが出来るように

成功するに決まってるさ
シルクハットから鳩を出しているうちは
人生という舞台は　あそびのうちにあった

そして

あの瞬間が！

46

魔術師はたたかいである
ぶん、ぶん、じぶん、ぶん、
耳をすませてごらん
空がきみの苦悩よりも
真っ黄色くそまる春の
魔術師はたたかいである
ぶん、ぶん、じじ、ぶん、じじぶぶぶ、ぶ　　ぶ！
雨ざらしの共同世界置き場で
古いセンタッキはむなしく
独りで廻りつづける

きみとおれ　希望と絶望　みらいとかこ
きみみみおおれおれれれ　きぼぼぼぼぜぜぜつつつぼーつぼー
みらららららら　みららかかここかこか　かかか　か　か　か
か　か　　　　　か

魔術師は左手を
文字のように落とす
脇腹を下に
水溜まりへしずかに横たわると
青い湯気が涙のようにあがって

ペコちゃんなんか捨てて！

空からきこえるかあさんの声
路上でつめたい夜の国旗に包まれていく
口紅を引きウィンクするむくろ・道化師
魔術師はもう繭の中
たたかいはサナギになって動かない

47

ゆっくりと落ちてくるもの
あれは、何
すべてが速度をうしなって
血しぶき、ゆっくりと
きみとおれとぼくとわたしとあなたの
鼻筋をしめらせる

あらそいがはじまった？

肝心なことは
ぐるぐるまきにされた糸のなかにある
誰がそれをとじこめたのか

誰がそれをひらくのか
疑問符をかかげながら

48

波の間から片手をあげて合図しているのは
いもうとが生まれると入れ替わりのように亡くなった
父さんだ

——汝が父は遙けきかなたに　ゆらりゆらりよ

いもうとがいつも口ずさんでいた歌が聞こえてくる
親しいものたちを　想いさえすればいつでも誰でも
光をあびて　帰ってきた海だったのに

狂った津波がすべてをなぎ倒していった
チンピラ魔術師の私には絶対できない
――おそろしき　わざ　ぞ！　自然　というのは……

町が燃えていた
空を赤く焦がす
黒い煙りが盛り上がる
石油コンビナートが
火を吹いて燃え続ける

ゆれる
こわれる

こわれ
ゆれ

私がなにをしたというのだ！

チンプンカンの友達は繭の中だ
はやく目を覚ましてよ！
助けてよ！

これはかつての戦争の日の記憶そのままだ

空にはヘリコプターが飛び回り
地上からは水蒸気が立ちのぼっている
海も畠も汚染され

食べられない魚や肉に　食べられない野菜や果物

もうインチキ魔術師は廃業するよ
たちどころに人を消したりはしない
千円札を一万円札に変えたりもしない
繭の中の友よ　繭の糸でほころびた人の心を
そっと　縫い付けてよ

この島が　いつの日にか　美しく甦るために！

49

ひろい波間をながめている
それははじめ、動いていないようにすら

見えたのだが
呼吸をするように
すこしずつ色を変え、形を変える
生きているカーテン
ひろい波間をながめていたら
藍色の百年も千年も一万年も
あっというまだ

わかいころは魔法だってつかえた

時折つぶやく
動く椅子の上で揺れながら
とうさんかあさん皆いなくなってしまった
私はこんなに年老いてしまった

帰ってきた海が
しゃあしゃあとそしらぬ顔で
人々をてまねいて
子供たちは
浮輪を準備しているのだ

あどけない幼子が
あどけない足どりで
まほうをみせてよ
あざやかな鞠をかかげて

物語を教えてやろう
かつて、私たちが魔術師であったこと

かつて、たいへんな戦争があったこと
かつて、年老いていない私が
ひどい男を好きになったことだって

気づけば鞠を持たされ
ふたたび椅子の上に残される
あとどれくらいこうしているのか
わかいころは魔法だってつかえた
口癖のように言い聞かせて

繭の中の友は返事をせずに
息をひそめて生きているカーテン
地球みたいに

50

鞠が手からすべり
真珠となって輝き落ちて
世界の夜は深まる
創世記のような
空も海もない水の
中空に浮かぶベッドに私は目覚めた

みえない四方の岸辺には
幻たちが幻になっても消えない憎しみに
酔いしれて踊っている
悲鳴と銃声
いまだばちばち崩壊にくるしむ原子

瓦礫たちの生あくび
バクテリアのけだるいワルツも聞こえ

この虚ろが欲しているのは再生？　復活？
いいえ、ちがうちがう、でも知っている、ああ何だっけ——

耳はふたたび尖る
指は血まみれのコロナを思い出す
舌は蜂の羽音の、あぶらかだぶらぶらぶんぶん！

そうだ、魔術だ！
世界に必要なのは
鮮やかな雨のように待ち望まれていたのは

さあ、お立ち会いお立ち会い！
みんなたった一人の魔術師です
海に真っ青な陣痛を
空に赤ん坊の虹の微笑を

後記

連載からしばらく経ち、読み返してみたら、自分で書いたことをわすれている箇所もあり、または自分が書いたのではないのに自分がたしかに書いたと錯覚してしまうんだった。さんざんに思うように書くことができたのは、新藤さんと河津さんの肩を借りていたからです。本当にありがとうございます。そうやって借りた肩が、読み進めていると、一人か、はたまた三人ではないもっと多数の、詩そのものでした。**三角みづ紀**

空から雪がおりてくるような体験だった。この連詩では、「書いた」あるいは「うたった」という記憶がない。てのひらには、受け取り、手放し、受け取りした冷たさとぬくもりだけが残されている。何を？　ふりむけば明るい野。春の魔術師が花びらを吹いて、笑って。**河津聖恵**

河津聖恵さんと三角みづ紀さんは、それぞれに素晴らしい詩人である。お二人の詩の言葉にいざなわれて、魔術師がかってきたところに、2011年3月11日の東日本大震災が起きてしまった。津波の恐ろしさ。自然の前では、人間はまったく無力だと……。
「恐ろしく、苦しいときには、見たものを平面とみなして、平面的に物事を語ることを自分に課したんだ」と語った三島由紀夫氏の言葉を思い出して、48で、テレビで見たままを書いたあと、書けなくなってしまったところを、お二人に助けられて、やっと幕を閉じることができたのでした。

岩佐なを氏の挿画、ありがとうございました。思潮社の藤井一乃さん、ありがとうございました。**新藤涼子**

1、4、7、10、13、16、19、23、26、29、32、36、38、41、44、47、49を三角みづ紀、3、6、9、12、15、18、21、24、27、30、33、35、37、40、43、46、50を河津聖恵、2、5、8、11、14、17、20、22、25、28、31、34、39、42、45、48を新藤涼子が執筆いたしました。

装画、本文カット＝岩佐なを

連詩《れんし》　悪母島《ぐぼとう》の魔術師《マジシャン》

著者
新藤涼子《しんどうりょうこ》　河津聖恵《かわづきよえ》　三角《みすみ》みづ紀《き》

発行者
小田久郎

発行所
株式会社思潮社
〒一六二―〇八四二　東京都新宿区市谷砂土原町三―十五
電話〇三（三二六七）八一五三（営業）・八一四一（編集）
FAX〇三（三二六七）八一四二

印刷・製本
創栄図書印刷株式会社

発行日
二〇一三年四月三十日